海上絲綢之路基本文獻叢書

海外紀事（上）

〔清〕釋大汕 撰

文物出版社

圖書在版編目（CIP）數據

海外紀事．上 /（清）釋大汕撰．-- 北京 ：文物出版社，2022.6
（海上絲綢之路基本文獻叢書）
ISBN 978-7-5010-7551-5

Ⅰ．①海… Ⅱ．①釋… Ⅲ．①中越關係－國際關係史－史料－清代 Ⅳ．①I267

中國版本圖書館 CIP 數據核字（2022）第 065622 號

海上絲綢之路基本文獻叢書

海外紀事（上）

著　　者：〔清〕釋大汕
策　　划：盛世博閱（北京）文化有限責任公司

封面設計：鞏榮彪
責任編輯：劉永海
責任印製：張　麗

出版發行：文物出版社
社　　址：北京市東城區東直門内北小街 2 號樓
郵　　編：100007
網　　址：http://www.wenwu.com
郵　　箱：web@wenwu.com
經　　銷：新華書店
印　　刷：北京旺都印務有限公司
開　　本：787mm×1092mm　1/16
印　　張：12.625
版　　次：2022 年 6 月第 1 版
印　　次：2022 年 6 月第 1 次印刷
書　　號：ISBN 978-7-5010-7551-5
定　　價：90.00 圓

總緒

海上絲綢之路，一般意義上是指從秦漢至鴉片戰争前中國與世界進行政治、經濟、文化交流的海上通道，主要分爲經由黄海、東海的海路最終抵達日本列島及朝鮮半島的東海航綫和以徐聞、合浦、廣州、泉州爲起點通往東南亞及印度洋地區的南海航綫。

在中國古代文獻中，最早、最詳細記載『海上絲綢之路』航綫的是東漢班固的《漢書·地理志》，詳細記載了西漢黄門譯長率領應募者入海『齎黄金雜繒而往』之事，書中所出現的地理記載與東南亞地區相關，并與實際的地理狀况基本相符。

東漢後，中國進入魏晉南北朝長達三百多年的分裂割據時期，絲路上的交往也走向低谷。這一時期的絲路交往，以法顯的西行最爲著名。法顯作爲從陸路西行到印度，再由海路回國的第一人，根據親身經歷所寫的《佛國記》（又稱《法顯傳》）一書，詳細介紹了古代中亞和印度、巴基斯坦、斯里蘭卡等地的歷史及風土人情，是瞭解和研究海陸絲綢之路的珍貴歷史資料。

隨着隋唐的統一，中國經濟重心的南移，中國與西方交通以海路爲主，海上絲綢之路進入大發展時期。廣州成爲唐朝最大的海外貿易中心，朝廷設立市舶司，專門管理海外貿易。唐代著名的地理學家賈耽（七三〇～八〇五年）的《皇華四達記》記載了從廣州通往阿拉伯地區的海上交通『廣州通夷道』，詳述了從廣州港出發，經越南、馬來半島、蘇門答臘半島至印度、錫蘭，直至波斯灣沿岸各國的航綫及沿途地區的方位、名稱、島礁、山川、民俗等。譯經大師義净西行求法，將沿途見聞寫成著作《大唐西域求法高僧傳》，詳細記載了海上絲綢之路的發展變化，是我們瞭解絲綢之路不可多得的第一手資料。

宋代的造船技術和航海技術顯著提高，指南針廣泛應用於航海，中國商船的遠航能力大大提升。北宋徐兢的《宣和奉使高麗圖經》詳細記述了船舶製造、海洋地理和往來航綫，是研究宋代海外交通史、中朝友好關係史、中朝經濟文化交流史的重要文獻。南宋趙汝適《諸蕃志》記載，南海有五十三個國家和地區與南宋通商貿易，形成了通往日本、高麗、東南亞、印度、波斯、阿拉伯等地的『海上絲綢之路』。宋代爲了加强商貿往來，於北宋神宗元豐三年（一〇八〇年）頒佈了中國歷史上第一部海洋貿易管理條例《廣州市舶條法》，并稱爲宋代貿易管理的制度範本。

元朝在經濟上採用重商主義政策，鼓勵海外貿易，中國與歐洲的聯繫與交往非常頻繁，其中馬可·波羅、伊本·白圖泰等歐洲旅行家來到中國，留下了大量的旅行記，記録元代海上絲綢之路的盛况。元代的汪大淵兩次出海，撰寫出《島夷志略》一書，記録了二百多個國名和地名，其中不少首次見於中國著録，涉及的地理範圍東至菲律賓群島，西至非洲。這些都反映了元朝時中西經濟文化交流的豐富内容。

明、清政府先後多次實施海禁政策，海上絲綢之路的貿易逐漸衰落。但是從明永樂三年至明宣德八年的二十八年裏，鄭和率船隊七下西洋，先後到達的國家多達三十多個，在進行經貿交流的同時，也極大地促進了中外文化的交流，這些都詳見於《西洋蕃國志》《星槎勝覽》《瀛涯勝覽》等典籍中。

關於海上絲綢之路的文獻記述，除上述官員、學者、求法或傳教高僧以及旅行者的著作外，自《漢書》之後，歷代正史大都列有《地理志》《四夷傳》《西域傳》《外國傳》《蠻夷傳》《屬國傳》等篇章，加上唐宋以來衆多的典制類文獻、地方史志文獻，集中反映了歷代王朝對於周邊部族、政權以及西方世界的認識，都是關於海上絲綢之路的原始史料性文獻。

海上絲綢之路概念的形成，經歷了一個演變的過程。十九世紀七十年代德國地理學家費迪南・馮・李希霍芬（Ferdinad Von Richthofen，一八三三～一九〇五），在其《中國：親身旅行和研究成果》第三卷中首次把輸出中國絲綢的東西陸路稱爲『絲綢之路』。有『歐洲漢學泰斗』之稱的法國漢學家沙畹（Édouard Chavannes，一八六五～一九一八），在其一九〇三年著作的《西突厥史料》中提出『絲路有海陸兩道』，蘊涵了海上絲綢之路最初提法。迄今發現最早正式提出『海上絲綢之路』一詞的是日本考古學家三杉隆敏，他在一九六七年出版《中國瓷器之旅：探索海上的絲綢之路》中首次使用『海上絲綢之路』一詞；一九七九年三杉隆敏又出版了《海上絲綢之路》一書，其立意和出發點局限在東西方之間的陶瓷貿易與交流史。

二十世紀八十年代以來，在海外交通史研究中，『海上絲綢之路』一詞逐漸成爲中外學術界廣泛接受的概念。根據姚楠等人研究，饒宗頤先生是華人中最早提出『海上絲綢之路』的人，他的《海道之絲路與昆侖舶》正式提出『海上絲路』的稱謂。選堂先生評價海上絲綢之路是外交、貿易和文化交流作用的通道。此後，大陸學者馮蔚然在一九七八年編寫的《航運史話》中，使用『海上絲綢之路』一詞，這是迄今學界查到的中國大陸最早使用『海上絲綢之路』的人，更多地限於航海活動領域的考察。一九八〇年北京大學陳炎教授提出『海上絲綢之路』研究，并於一九八一年發表《略論海上絲綢之路》一文。他對海上絲綢之路的理解超越以往，且帶有濃厚的愛國主義思想。陳炎教授之後，從事研究海上絲綢之路的學者越來越多，尤其沿海港口城市向聯合國申請海上絲綢之路非物質文化遺産活動，將海上絲綢之路研究推向新高潮。另外，國家把建設『絲綢之路經濟帶』和『二十一世紀海上絲綢之路』作爲對外發展方針，將這一學術課題提升爲國家願景的高度，使海上絲綢之路形成超越學術進入政經層面的熱潮。

與海上絲綢之路學的萬千氣象相對應，海上絲綢之路文獻的整理工作仍顯滯後，遠遠跟不上突飛猛進的研究進展。二〇一八年厦門大學、中山大學等單位聯合發起『海上絲綢之路文獻集成』專案，尚在醖釀當中。我們不揣淺陋，深入調查，廣泛搜集，將有關海上絲綢之路的原始史料文獻和研究文獻，分爲風俗物産、雜史筆記、海防海事、典章檔案等六個類别，彙編成《海上絲綢之路歷史文化叢書》，於二〇二〇年影印出版。此輯面市以來，深受各大圖書館及相關研究者好評。爲讓更多的讀者親近古籍文獻，我們遴選出前編中的菁華，彙編成《海上絲綢之路基本文獻叢書》，以單行本影印出版，以饗讀者，以期爲讀者展現出一幅幅中外經濟文化交流的精美畫卷，爲海上絲綢之路的研究提供歷史借鑒，爲『二十一世紀海上絲綢之路』倡議構想的實踐做好歷史的詮釋和注脚，從而達到『以史爲鑒』『古爲今用』的目的。

凡例

一、本編注重史料的珍稀性，從《海上絲綢之路歷史文化叢書》中遴選出菁華，擬出版百册單行本。

二、本編所選之文獻，其編纂的年代下限至一九四九年。

三、本編排序無嚴格定式，所選之文獻篇幅以二百餘頁爲宜，以便讀者閱讀使用。

四、本編所選文獻，每種前皆注明版本、著者。

五、本編文獻皆爲影印，原始文本掃描之後經過修復處理，仍存原式，少數文獻由於原始底本欠佳，略有模糊之處，不影響閱讀使用。

六、本編原始底本非一時一地之出版物，原書裝幀、開本多有不同，本書彙編之後，統一爲十六開右翻本。

目録

海外紀事（上）

海外紀事（上）

序至卷二

〔清〕釋大汕 撰

清康熙十二年寶鏡堂刻本

序

自昔名人登臨山水必有題詠之作長篇短句體製不同要各狀其景物之佳勝如子厚適柳州無詩而有記少陵入巴蜀無

記而有詩皆稱寫生絶構余讀石和尚海外紀事一編喜其兼擅兩家之長而又發爲經世名言於山川形勝風土謡俗一一能詳其曲折而定其規模豈徒

鋪張奇詭誇海外之大觀巳哉
考其數月之間經二萬里絕域
當酬應繽紛往來倉卒之際乃
揮麈而談數千萬言立就筆搖
山嶽而氣吞溟渤非胸有慧珠

能敏給神妙如是耶且遊迹所
過導揚
聖天子德化俾享王未接之邦咸
知向風慕義欲以中國之紀綱
一變遠方之習俗即此一視同

仁莫非聖賢民胞物與之意耶此書流傳宇宙可以補山經海志職方記王會圖之所不及向使經綸巨手得以一試其奇視彼雄霸扶餘開疆日本者直俯

同培塿眇若潢汙焉耳吁和上
老矣抱天人之畧負匡濟之心
以菩薩願力幻迹禪林樂道之
餘託文章著述以明志而卓犖
不羣之槩可想見也已

紀事序

余於甲子春間予假南還往羅浮采藥憩迹五羊始得晤石公和上於客座間聆其緒論清言娓娓而雄博俶奇之氣溢於楮

宇固謂其異人殆有託而逃於
禪者也忽忽十有五年重至珠
江衆傳有人天師初從海外古
安南國回其國王受戒居弟子
列爲施布地之金新建寶閣於

旹

康熙己卯孟春甬江仇兆鼇拜

題於端州旅次

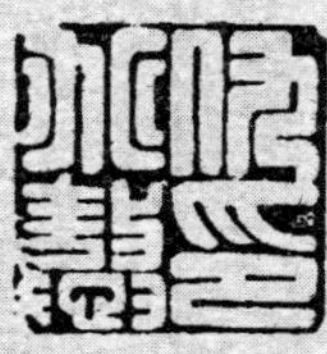

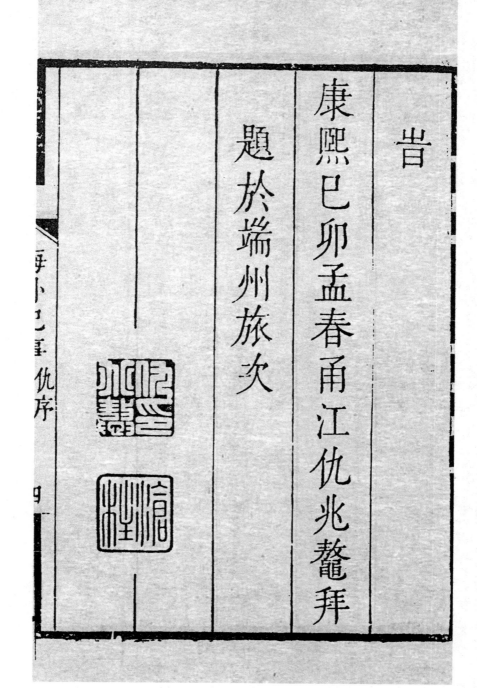

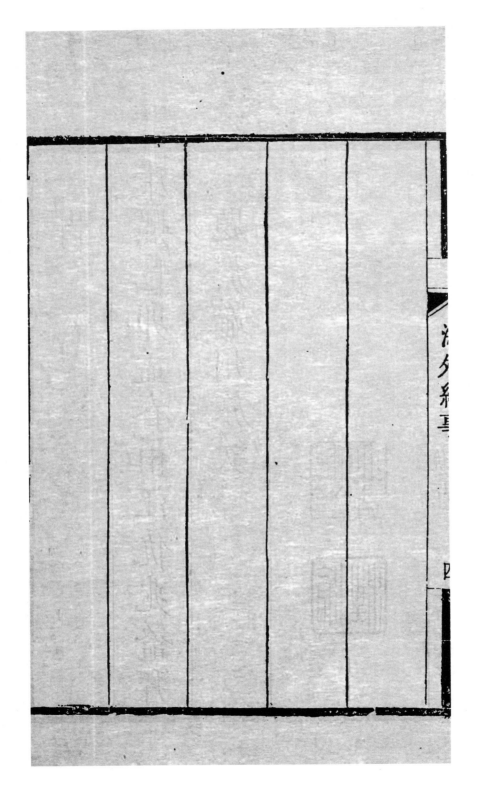

粵秀山之西飛軒構雲重簷射日接以紺殿珠宮綴以嵩丘蘭若無異洞天中瓊樓玉宇因歎給孤化樂重現人間而天親菩薩舉世未有不知誰演三車而

結此勝因於震旦也亟攜笻步至而扣禪扉聞清磬一聲導從出迎則固吾石和上也膜拜已畢執手歡然共話十五年間事似上元夫人與麻姑相見說蓬

萊清淺也和上因出海外紀事
與諸集見示文章則蒼凉奔放
時而電擊雷轟時而山飛海立
時而健翮摩空時而疾風掃籜
詩律則藴藉清新離奇雄渾兼

而有之使人不可端倪而雄博
恢奇之氣較昔年更勝葢得於
海外者尤多也余老矣歸田以
後憔悴行吟舉向目之勝情狂
思消融殆盡如拘葉寒蟬悪聞

鸞鳳之聲響振林木安得不俯首健羨固知宇內人天之師自不同於枯禪窠臼視彼驢背推敲與喞喞如寒號蟲者相去誠何如哉

吳江法弟徐釚頓首拜譔

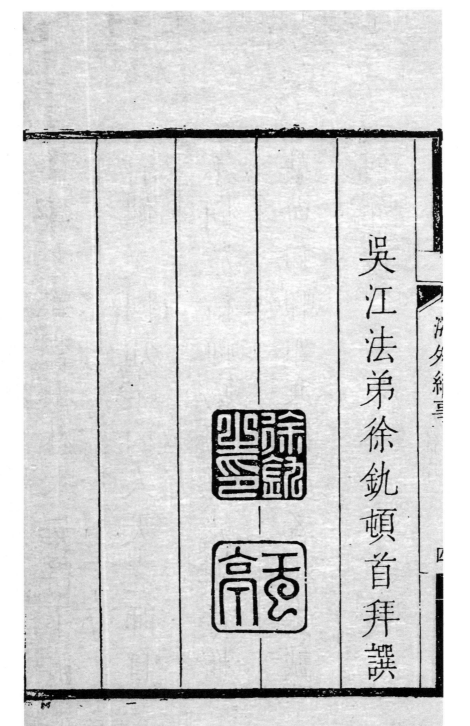

序

大而化之之謂聖神而明之之謂奇天下英偉非常之士隨所處而以奇見英雄崛起布衣雄世黃冠緇服之流人不一類事

不一途總以造乎其極者爲奇
當其事未成名未立言動舉止
過與人異庸夫俗子多有竊伺
而擬議之卽其已成矣已立矣
猶必有所擬之議之以爲驚世

駭俗者此無他人卽無奇鮮有
不欲炫其奇欲炫其奇而實無
奇鮮有不駭人之奇而轉疑人
之奇甚矣爲庸夫俗子易爲懷
奇超世者難也丁翁和上生而

奇者也童眞入道博覽五明諸
論及陰陽星算妙達吉凶周遊
天下聲名洋溢暨于中外秉長
風破巨浪赴大越國王之召所
歷山川形勢風土習俗亦旣詳

哉言之而高論卓見弘綱鉅典一試經綸大手詩文雜出悉典麗高華彙三教之精微成一家之傑構縱横變化之妙在在匠心噫眞大海之一奇觀也奇人

始有奇文有奇文者必有奇事免龍朝使神護皆奇之見端也甚而驅風遣雨感通幽渺如廣明大士之死而生識者固知其圓通妙契彷佛寶誌曇超豐干

圖澄之三昧不知者則以爲誕
而擬議者有矣而不知鉢底生
龍口內光放實有其奇者在無
如恒見之不廣也於未見鉢底
生龍口內放光則可耳若夫龍

巳見之鉢中光巳吐之口內乃
其道力所至猶以爲誕而詫之
者殆未知圓通之道之妙也孫
登有言火生而有光而不用其
光果在於用光和上之奇和上

之光也不觀夫舟行海若消伏驚濤神鳥導前巨鰌退跡是亦和上之用光也而常人卒然和上冲然則和上果在于用光乎試郎海外紀事而論無枯禪氣

無學究氣其表揚德性纏綿慨
至無非忠孝節義俾益世道人
心之言博大昌明不異吾儒有
本之學故能感動海域向化
天朝以中國之紀綱變殊方之習

俗以恒河之金沙建不朽之崇
剎喬喬皇皇有爲有守堂堂正
正不詭不隨豈非用奇而不戾
于正圓通而不失之誕哉吾是
以服和上之用奇而神明莫測

如是也夫

旹

康熙巳卯八月晉陵毛端士拜

題

本師海外紀事叙

大越彈丸負山環海斬蓬蒿驅犀象而奠居者累十三世矣寡人不敏弱齡纘緒常懼隕越以遺前人羞兢兢業業日與二三

臣工商所以子惠元元之道有
年而政不加修辟土疆而兵興
無時肅官箴而鹽筴弗飭務休
養而鮮飽猶聞翳惟余葦也間
考往籍知爲治之要在於得人

秦得百里奚於虞晉得由余於戎丕豹公孫枝於楚二國遂霸由是言之任賢致治自昔爲然如在寡人今日殆有甚難者夫弓旌爵祿寡人無或愛惜亦庶

幾野無遺賢獨士生茲土大抵
限於方隅局於聞見一官一職
儘足以効能稱任求其道德深
純經猷素裕語默動靜堪爲千
秋師法大有爲者非中華聖賢

佛祖之鄉不可旣禮無越境之
招地有中外之隔又非識鑒超
方不爲世網拘牽者不可噫得
賢難得師尤難矣長壽本師老
和上余自居儲來積慕有年先

王書聘至再弗顧甲戌秋欲受菩薩戒法繼志敦請果遂我願從乙亥春抵國迄丙子夏供養親近靡間晨夕禪論之餘大而綱常倫紀小而事物精粗莫不

條分縷析理明詞暢若人從幽
暗中挈諸青天皎日之上其爲
裨益政治實多錄其一二裒然
成帙總名海外紀事歸帆之日
出示命叙自顧無文何堪斯役

或者殊方言事耳目不經讀者
疑涉荒唐欲取一言爲徵信將
以附文獻之末歟至佛法文章
才情道德吾師開化三十餘年
著書二十餘種行世既久自有

定價非贊歎所能增益矣雖然大千世界塵沙刹土盡從香水海裏結成寡人方與老和上同遊戲於華嚴香水海中何處分爲内外今旣相隔大洋以廣東

而記大越行事即謂之海外紀事也亦宜

旹

丙子蒲月大越國王阮福凋受

菩薩戒弟子法名興竜頂禮

譔於西宮覺王內院之淨名

方丈

海外紀事卷一

嶺南長壽石頭陀大汕厂翁譔

記室弟子興雒較訂

隨杖侍者界如培編集

甲戌之春余將有事北征爲
上人召也還徒御戒行李卜以二月初吉啓行已而髀患大作轉念常往經閣構築伊始土木紛拏纂輯燈待百卷較讐未竣權藉積痾欲緩北行商之當事宛轉辭之而得暫止遂閉門謝客日擁殘

編丹黄甲乙間或澆花種樹俯仰行吟庶幾優悠晨夕免事風塵矣詎八月初四日知客叩門稱大越國專使至見之使閩人也捧黄封甚謹拜而將命享禮南金花藤黄絹奇南之屬獻畢跽而請曰大越國王馳慕老和上有年今特焚香遥拜奉尺書聘於獅子座前伏乞道駕往化允行則國之福也余法嗣興蓮字果弘者亦爲致啓係王所拜國師也計自前王有書幷今凡三次矣請至於三爲已誠也既未北行適有餘暇盡縱觀海外新其耳

目或者山川風土人物更有出於尋常聞見之外者乎臘底告行於當路縉紳白社知巳隨即開春贐者餞者饋盤餐供物玩者序而送者歌詩贈行者從朝至暮卜行一不果而再再不果而三上元燈夕始登舟於西濠時駕海艨艟巳放關候於黃浦矣是夕潮退濠涸幾十人挽舟不能達珠江與隨杖諸子坐西瓜艑茶食果餌以充夜饍細雨微濛船頭牡丹花二缸缸數十朵含意欲放適風前有倚樓長笛隔江度曲者偶憶開元遺事玄宗當

日酌葡萄對妃子尚欲製新辭以全勝事今名花去國寂寞懷芳得無一辭用相慰藉耶因題絕句擬清平調云

白紵春歌興未闌天香元是獨禁寒世人見汝渾如夢誰共醒眸徹夜看

月沉煙雨上元宵相對名花聽夜潮萬頃滄溟誰可渡一枝猶得伴迢迢

暖入園林百卉香衆中偏汝獨稱王繁華春色來南國還欲芳名海外揚

二鼓潮生出珠江泝流至東敵樓泊焉雞鳴潮退
順流而下平明達黄浦山漸低海漸闊遠望艨艟
汨沒於風濤浩渺間須臾並舟樓船進早膳樓船
余所坐以往還端江者向視之龐然大也今並纜
海船之側仰視海船龍脇梯而後上則渺乎小矣
顧語隨杖諸子曰凡物之不可自大而欲於無佛
處稱尊者庶幾其有悟乎船上四五百人貨物塡
委相隨僧衆五十餘人行李稱是船主人相顧莫
知措處將客貨退轉羊城余亦半分僧衆行李從

二船繼發俄頃始決於是搬運上下器物縱橫人語讙讓一時耳目爲之改觀分布得四馬籬闊者容五六人窄亦三四人尚餘露處者過午開船風正潮隨兩小船探水引路雙帆插花滿挂巾頂高懸前屏後送齊張目無畱岸南海神祠隱映平林指顧相失爲詩曰

番禺看地盡四瀆有神祠碧落連滄海紅垣蔽綠蘿混茫收禹何靈異紀韓碑此日揚帆過安瀾爲爾祈

斷續岡巒小東南海氣驕中流多儷綢曲徑少歸樵梅欖依村樹春煙鎖板橋王維圖畫似記取靜來描

薄暮碇船雨氣空濛虎門幾點南浮白水一痕塔影東挂雲端詢之爲東莞縣治是夜宿東莞界中也馬錐促狹不能轉側仰臥申旦細雨廉纖露宿數十人擠逼神前尋丈之內喧爭終夕余念爲法南行偶然跼蹐尚所不堪彼估客之挾重貲以冒風濤逐十一而終身不覺苦云拙矣曉起行李半

海外紀事　卷一　四

爲雨濕隨杖各鬱悒欲道宵眠之苦視余默然而罷舟子料理停頓目前得少清楚近午放船風潮順利舟行若飛將近虎門里許舟忽淺藎沙阜遊移舵公自用不依引導小船蹊徑也舵挂於下船不能行風壓於上遂不及御霹靂一聲半邊欹側颭水衆匆皇失色謂船必壞急落帆人盡立上風用三小艇數十百人曳拖不得動余預備有四小旗上書吾秉釋迦無上法王慧命下書曰大雨暫止曰順風相送曰諸神擁護曰龍王免朝急呼豎

諸神擁護旗旗張而舵自墮船復正是非人力也究前聲響處爲夾舵輔板折斷尾閣亦微有裂縫即時修補假此少停得久覽形勝與虎頭相對兩旁小山皆童砠斷連倚伏唯大虎小虎二石昂立水中拗曲而上若虎距而昂首狀石赭鐵色小虎左岸一炮臺臨水涯依山夼銳上俗名阿娘鞋爲形似也一帶小山之麓人家煙火悉漁戶鹽場非耕作之民矣凡高險處俱設戍臺控海山背殆塁門云作虎門望海七律二首

白馬靈旗帶晚霞風濤萬頃走龍蛇通宵不夜
非關月到處行空可是槎天上有星分野外眼
前無地說中華樓船事往皆春夢千古還因漢
使嗟
遥聞颯沓鐵衣聲玉破珠殘歷亂傾風捲一山
天際落濤驚萬鼓水中鳴陸沉城闕蒼煙出鬼
市樓臺白晝生腥漫零丁俱在望七州洋外不
知名
停舟夜半北風驟作波濤溏浴纜索欲絕水手呈

怯不敢下三板拋第二錨衆詬罵懼而往獲稍安念彼輩所得亦不過十千而遽以生死等之蜉蝣世之貪富貴而履危機者其視水工亦若是而已比曉風雨連天余命豎大雨暫止旗少頃晴霽遂度虎門沙磧上蠢蠢如狗子頃之一人坐小舟來乃粵海關差收稅票者停舟重加整頓駕小船往山溪取淡水水櫃皆滿載引路兩小船遣去衆小脚船載之舟中便復張帆水面浮山猶數重未遠盡也是知東粵形勝港口稠密富庶爲有由矣向

晚纜定阻烏豬山山上有茶不由樹藝可治瘴癘爲漁人之利矣水碧綠舟師用椶索繫鉛測深淺綠苔長徑尺挂索上爲苔菜云味腥鹹可食白鮫成羣狀如豬白色有起者伏者有立水面移時而沒者皆少見而多怪矣聞有角帶井相傳伏波征蠻時軍士渴乏置帶一圍令軍士向帶中汲飲悉甜淡得不困至今稱角帶井如鏡光游移水面一二里間見者吉祥云是說爲無稽矣遠近漁船數十艘張帆往來到處山坳濃煙滃滃爲鹽場蓋瀕

海魚鹽所以足百粤而資南贛者咸取給乎此也
船上器物安置停妥洗刷鮮明鳴金擊鼓獻牲酌
醴一巫青衣長袖戴藍爹羅彌雪帽著紅腰纏執
朱木棍拜舞婆娑仰神號呼每一闋輒鳴鉦鼓以
助之吾輩雜估客環視巫忸怩不自勝急節舞罷
欲去祝者挽而訴之扦袖再一舞而入泊後船上
不復聞金鼓矣是晚人氣爽朗雲歸嘒嘒明星舟
人偃臥縱橫於微月星光之下四顧匆皇微吟絕
句五首以貽知己

北多平陸南多海乘馬乘船有慣家惟我北南
無住處間從鞭鐙間乘槎
無水無舟秖強名何曾筋骨不分明長橋鐵鹿
滄溟去萬斛舟舟同一葉輕
大海風漂斷繫哀濤聲徹夜響奔雷天空雲暗
歸漁火亂點滄波作雨來
孤島遙看青一痕經過此外總無根披衣獨坐
蒲團月無定風濤定裏翻
故人別我上元燈應料安南到未曾誰道烏猪

山港外艨艟還坐白頭僧

次早食已起船竟日始抵極望之島而止島名魯漫山相傳海外鸚鵡過此山不死即飛去爲伏波所放云同泊一舟差小往趂加喇巴者人各屏息波濤洶湃船之首尾低昂播蕩漸有暈眩不能坐起者余以飽食獲安然亦非昨宵與致矣是月十九夜也二鼓風雨大作臥聞舟師耶許聲未久如千丈瀑泉飛灑於長林斷壑如萬風驟雨吹落於蓮葉蕉林又如鐵衣介馬馳驟於沙場戰壘天崩

地裂蛟龍飛舞而來至此一切境遇委之自然益徵人定力矣乃憶大藏記云有明楞嚴法華經旨之比丘行于山林鬼神呵護所經湖海龍王必朝遂呼豎龍王免朝旗船卽駛而安及起篷窓竊視始知陰凝不雨惟水與天連淼然一葉獨駕混茫草昧之初四顧無垠絕無攀緣倚恃此中境界有非可喻人者嘗謂江北之山無丘垤培塿所見皆大陸高陵今海洋之波類是漣漪尺浪無復淪淪矣水色藍如靛著衣彌月不乾殆知古人稱海淀

爾雅謂藍汁可染曰澱爲有見也船上寂然惟水手船主數輩坐守其役亦穆穆有敬懼之容餘多嘔吐狼籍行止飲食如常者兩三人而已余苦脾氣疲而後往否或顛仆若平北風乍起横渡楊子江逡巡不敢今乘萬斛之舟駕長風破巨浪何大觀也然後知萬斛之舟非長風巨浪不足以成利涉所以跅跎之士苟遇興王擾攘皆足以建功名處之淸平庸主適成衝決之患莊生所謂置杯焉則膠者乎駭神奪魄不敢久視啖靑欖數枚掩船

扉伏枕而息成渡洋歌寄懷琅公石大司馬

正月十九夜半北風起舟師大聲疾聲呼不止聲勢砰磅不敢看端坐船艙側兩耳忽如烈風暴雨迷大麓長林葉葉皆披靡百丈懸崖瀉瀑泉飛沫夯流激石齒又如鐵衣介馬夜歸營萬弩齊張飛羽矢海鰍目眚隱無光蛟龍潛寐黿鼉死此身逐浪任低昂那知一息幾千里曉來所見非故物俯仰穹蒼天與水陰氣僭越神物尊鳥大如隼不敢指云是祝融海使回不然大

洋之中焉有此此間七州曾陸沉冤魄至今憑
海底時出水面弄兵仗白日與人相角抵洵知
深山大澤多怪奇一種鮫人與山鬼不見西北
太華高高三萬六千丈胡爲於此成坎坱無平
不陂埋或然鑿令對此增惆悵洪流不洗世間
心胸中潔白無塵侵何不人寰洗穢濁八荒清
淨無齷齪否則天河洗甲兵蚩尤涿鹿無交爭
安瀾海若辦和會驚濤平伏消鯤鯨平生本事
水雲鄉曾穿吳楚凌齊梁洞庭水闊河淮長大

江亦得絲繩量唯是滄溟汨南極鵬飛不盡天
茫茫需之有孚占利涉濟川才重作舟楫屹然
砥柱定中流瀾狂飈怒人無憂懷公建節南交
州吾意與海同悠悠

如是兩晝夜每凌晨有箭鳥從波中起繞船一匝向前飛去舟人曰此神鳥乃護和上而道所往之不差者也廿二日風息氣頓暖僅可單衣一層由巳抵瓊州安南界故熱不關風色云自後每日順風止二三時餘俱泛泛洋海中船雖動而行緩洶

湧之勢少止矣廿四船主大書於柱曰先見山者
賞錢一貫人人稍宇俱開喜慰可知矣先是船上
有水工阿班者安南人年不滿二十壯健趫捷每
挂帆即上巾頂料理纜索往來如履平地方在目
前仰視已據桅巔上下跳躑毫不芥帶識者謂先
見山者必是人矣時有羣燕飛繞檣上越三日尚
渺無山影至廿七將午有大呼桅頂曰山在是矣
果阿班也舉船鬨然大笑然未嘗有同見者也注
目凝神移時而見者百中之一矣又移時見者十

中之一矣於是舵工謀所向船主賈客欲收會安港便貨賣僧衆欲收順化港便見王相持而質成於余余曰諸公皆急思到岸否曰急矣余呼豎順風相送旗而問今看風信宜何如宜會安則會安宜順化則順化顧無所擇也衆曰善而操舟者終以會安爲偏向時風正滿帆便于會安必須風漸横逆便于順化水手又卸帆不行望去山痕猶盈盈百十里之外詰朝復往審視山勢從西來迤邐如鉤曲横水上大越國於鉤股上作都邑人民聚

落也早飯畢余問曰今收會安風耶收順化風耶皆曰順化順會安逆余笑而曰若是則當收順化矣操舟者知不能撓各目顧方決向順化乘風一息遂入山環爲尖碧蘿山云漸而見其峰巒起伏矣漸而見其平野斷連矣樹林之喬木茆屋之參差矣厥土白黃坡坂爲潮汐漂漉瑩淨如銀鉤又成却月岸矣發巨炮數具使沿邊者知到有海船也口子仍非瞻矚所及惟海而一綫微動俄頃一帆如鉞斧背夕陽來比到已入暮矣俯視其人裸

體披髮以布絲纏掩其前間有椎髻便操作者侏㒧黑齒非奉命而來不敢上船人有下其舟者亦不受惟王差兩番僧與之語既而禮辭以纜綴下其舟馳以報王繼來一舟有官亦披髮跣足張燈坐守不去徹夜囂嘈臥不能寐平明四面舟如蟻赴番人充斥扇帽鞋襪之類不問即攜去尤愛雨傘辰時有兩戰艦王所差國舅相逐者並二僧復來作禮即促登舟言國舅祇候舟中矣令數十水軍舁余以下鳴銅鼓棹謳而去舟內外皆丹漆瑩

可鑑髮左右各二十五楫水軍丁壯艙門雕雲龍文赭漆上蓋藤文簟下鋪青緣細草薦爐爇奇南金盒盛檳榔蔞結涼枕唾壺具焉到公堂泊岸公堂即稅館也茆菅一椽而已果國師暨王舅請余登陸陳王迎幣於前有奇南輪珠金銀之屬拜言曰王以國政未能遠迓特備禮命某奉迎王出宮門數里外以延道焉惟老和上革而攝受焉已而行李檢齊洋船主作別四舟聯發兩岸平疇綠苗厭厭含花待放詢之始不糞而歲三穫亦上錯與

滿望樹林棊布茆屋竹籬爲鄉落矣樹多竻竹波
羅椰子檳榔山石榴花則丁香木蘭番茉莉暖氣
浮動香透籬藜獨不見桃李梅花耳土俗民風煥
然一新作初抵大越國詩六首
巨洋寒雨滿征帆到岸初春著夏衫墟上蠻歌
聲嚦嚦廟中調笑語喃喃番軍雜沓沙千里王
使來迎薄一函自古東南傳地缺落霞仍有萬
山銜廟土音坡印海口市賣也
相看岣嶁冷丹臺銅柱分茆隔海限人物却疑

新氣色衣冠猶似舊時裁金刀出戶從輿去銀燭通宵照客來入市當壚皆婦女臨風舞袖賣花回

瘴氣頻蒸漠漠天木蘭風度滿溪灣近村人語煙中竹隔岸雞鳴雲裏山畫槳水翻紅袖去奇南香贈綠衣還官家幾處傾椰酒歸路松燈照醉顏

漢唐開拓貢前朝幾代雄圖即次消定遠歌殘關塞月伏波聲震海天潮春深野草紛紛合夜

靜靈旗往往飄曉望長林爭岸出山川一半是
漁樵
郊外黃煙野日微林邊白霧轉霏霏漁郎散髮
頻牽網草屋臨流半掩扉海岸多風鷹眼疾沙
田無雪麥苗稀蛇人曲唱高綿調薄暮橫騎乳
象歸
却月隄邊紫翠浮打魚瀫舍（瀫舍船名）聚沙頭天清
艾嶺峯爭起花覆盤江水倒流日午春光渾似
夏晚涼海氣更如秋不辭異國輕行役自愛吟

情尚遠遊
時正月廿八日也夾岸行人女多於男衣尚紅綠
將近王府漫無城郭周圍種竻竹爲垣竹內列茆
房房架銅炮自數百斤至數千斤工鑄精巧硃砂
翡翠斑駁光瑩蓋歷年久遠摩娑之功所致若作
爐瓶一類頗爲鑑家什襲之珍價不知幾何矣炮
後再闢竻竹內有矮紅牆方廣一二里許王居在
中也過不遠舟人報潮漲國師起白曰須此登岸
矣一時官民男女聚觀雜沓輿不得進轉兩三山

坡聞竹林裹鳴鐘擂鼓國師迎至殿中坐半晌禮足者絡繹通事曰某官某多不辨識領之而已方與國師謀將息數日乃及王相見既而內監官跽請曰王仰慕老和上非一日今咫尺不得會必通夕輾轉爲之不寐況明日卯日後日即卯月王不肯於卯月日與老和上初相見也卯素所忌用云使者相望於道國師強余一往以慰王心與蓋從中門直至殿上王迎於東階作見如宿好攜入宮中金相儼然旛幢魚磬與叢林無別余曰王可謂

不失舊物矣王視而笑余禮佛王自掌磬炷香已而設香案以師席奉退居弟子列拜起送余中坐國師左而自處右寒暄慰勞外立而請曰弟子心慕老和上道風亦既有年今幸不我遐棄願垂開示得正所從余曰王之道共在治國安民乎道無不一而所居之位自殊苟在有國家者遺棄一切政令紀綱而強求清靜是不知清靜者也誠能如是澹然無欲泊然無營虛靈中處則隨事順理因物付物雖日應萬幾曾無一事一物之攖是以國

治民安將見端拱無爲道成無上清淨又何有帝王佛祖之過爲區别乎王稍解曰今日始得聞所未聞獨惜語音彼此不甚相通入理深談多有未明我意者惟此一著爲可恨竊觀外國之王富於春秋而賦性聰敏氣度寬弘古貌端莊足見享國王位之不偶而孳孳留心内典非乘宿願再來人之不能也進淨饌多不知名數半爲蕉漿調冷食至夜分猶依依不容别去國師曰老和上船中勞頓從此盤桓正有日耳歸至禪林巳三鼓矣王隨

以供養自錢米燕窩以至醯醬油鹽蔴蠟之屬蔬果鮮集畢備尚有候見者辭至明晨相會浴巳就寢未明而官民男女塡塞階下見必攜銀錢檳榔鮮果禮拜巳頂戴而獻俗謂之賀云洎是彌月不絕獨所居之室暗隘不可以容十人午猶秉燭出戶便是生客早春巳滿身熱痱矣作上王啓一通詩四首

伏以大王之國開創不同順化淸化統四十七州八鎭三江之勝槩貫國之王守成更別建平

新平屬百六十郡千山萬水之雄圖狂瀾砥柱
中流滙洋作宅法苑長城永固輔梵乘時恭惟
大越德主銀安殿下茆分南甸位亞北辰處居
在要荒滇川粵閩之間峰如礪而浦如帶列土
當緊汎爪滸暹交之界任愈重而思愈深紹求
修身誠意之源私淑內聖外王之道堯典禹謨
湯誥命允執厥中唐詩晉字漢文章從吾所好
朝堂由是整肅仍無赫赫之威民俗漸次更新
況有休休之度聰明天縱氣貫微垣孝弟性成

枝連花萼漢代無出其右楚莊莫擅於前謀有
賢豪如黑矟將如白衣相左右無非良弼閒消
煙雪或歌楊柳或賦梅花唱酬正際芳年秋月
照西河沙石化成金玉聚春星射東海風濤亂
湧寶珠來龍護彤宮鳳飛朱邸豔聲麗色絕無
貴態凡情錦馬名刀揮起慈心道念君師並作
殺活全彰事蓋一時韻流千古老僧脫胎多病
不宜戀在塵中割愛辭塵趂早逃歸物外冷灰
心地麤行頭陀孤筇遠卓花田雙鯉頻須穗石

豈非宿世同途曾有約交肩錯過而各行所以
此生異轍想前因靚面相逢而發笑誰道儒門
澹泊每從尼父增光深懇佛法凋殘終恐瞿曇
見責式微自顧欲挽無能鐵笛起疎林荼賞音
而不易瓊樓豎小草亦信道以維艱喜遇故知
細談底事不忘鏖鷺護持囑付王臣合值罔浮
流布任分旗鼓何妨髮垂瓔珞妙轉神機弗待
衣挂水雲方能彈指伏願信深學海智勇名疆
梁宋武徽宗教兼通豈無來歷裴李將相行解

一致本有家傳非獨扶佛日以綿長實爲扇皇風而浩蕩復祈經綸大展纘先人不盡之基仁惠旋施普蒼生再造之德奉敕封於廟廊之上金闕傳書示週巡於遠近之間寶車引路愧衲浮杯河瀆經過異島奇川感王容膝蒲團安坐水邊林下里言四首有愧鄙云小啓一通聊爲話月

離方正位古交州千里光華一帶收英主規模垂奕世雄疆聲教壯金甌臺高日出瞻朝漢海

闊煙消入共球自是太平深德化相看何事不
千秋
凌波戰艦流飛電卷日牙旗拂曙雲虎旅獸銜
金鎖甲滄溟龍戰水犀軍六宮瞻禮歸三寶列
國威名仰大君幾度春風來海外仁聲吹動四
天聞
昨歲瑶緘到五羊羣稱重道出殊方輕杯敢負
三生約大海眞成一葦航香飯抄雲還共白南
金布地總成黄國王已向人中貴更向人中禮

法王

大鑑當年庾嶺回于今吾道又南開譯華未共媲摩至應現卿隨寶誌來君作越裳歸予雖我慙猶猿接黃梅海洋相隔人還合始信靈山囑未灰

二月初一早命内監駕船請見將午進府王候於西便門相見如前僧衣道妝不復冠裳加和悅焉余陳詩啓并庭實遂一一審視歎賞久之出其服御器玩每舉一物必問佳否中華有否有誇炫意大

都多金銀珍寶雕鏤之器雖非文雅樸素然陸離絢爛駭奪人目洲有藝王一種富貴風味飯畢請曰老和上前得以歌舞供養否余曰十供養中音樂其一也王曰告過始敢隨命出宮女四五十人悉粉白黛綠文衣皮地戴金冠狀如七佛冠子或執樂器半與華同惟腰鼓長二尺許中小兩頭平大用手拍之聲雄響如銅鼓又一器如箏方平中虛張四絃有徽抱膝上按彈之韻清越冶容雁行衆音並奏歌者遲其聲以媚之舞袖飛揚似采蓮

情態歌其曲調也演能出緡錢五十千與余嘗小侯小侯即梨園之術亦雅名歟譜中常以東京爲念言東京原本調類上其先世乃安南贅婿分藩於玆後轉強盛猶晉之曲沃瓜人所由咏椒聊自此割踞本國因是改稱爲大越云問答每爲通事錯謬是日不復多言問姑亭安否答以狹閙不爽快許以初三日著人起蕎新方丈遂別歸成禪林

即事詩五首

迷離海霧暗華宮坐臥人同意不同異地空天

應有月深林長日自生風千堆白骨荒煙外一帶青山暮雨中世事那能無變態陰雲忽放夕陽紅

細雨涼風望遠天青蒼浮處起炊煙萊山樵徑明猶滅上阜人家斷復連清磬一聲來竹戶流泉幾道下坡田尋詩正欲乘幽興不奈王臣奉供錢

椰樹波羅繞徑深天涯鐘鼓晝沉沉金繩路出東洋月錫杖雲開大越陰目盡乾坤惟半榻境

总湖海郎高林漁村酒肆皆禪席自有空明一

片心

禪林卓立板橋頭橫出山岡細路幽象踏沙分

芳草去鳥銜花落石泉流薜蘿影裏容僧臥梵

唄聲中散客愁休問滄桑今古事一瓢明月且

優游

丈室三間覆白茆高丘半畝入青郊門前沙浦

無蔬甲戶外園墻盡竹梢善病任他塵事擾避

喧猶恐志人嘲歸期風信占河洛卜得重離第

六爻

竊謂遲一兩月將得安居矣至次日三鼓鬧外面諠譟聲乃內監官一人工部官二人領軍工盈千來蓋房屋平明竹者木者夾茆者削藤者鍬者鏟者乘屋而呼穴坎而下者連昏達曙三日夜而成方丈五間三十二楹四圍走廊梁桷板壁地板整裁騫舉又庫寮五間二十楹同時告竣因詢知國中百工皆軍人每歲三四月時軍人下鄉括民年十六以上體質強壯者充軍械以竹枷如梯子稍

狹願從軍令專學一藝藝成分撥戰船中操演有事即戎無事役於官府未六十不得還鄉與父母妻子相見所親歲爲衣物就視而已故餘民皆尫羸殘疾少壯健者父母恐拏軍垂髫即送爲僧庶可以免所以緇流甚多而佛法由斯混濫不獨禪宗絕無聞問即律論一事亦未之高闡致使圓頂方袍穢行甚於閭閻俗子及稍知識爲人師者亦至無救無歸深負王臣衆國敬信之心既在見聞不容隱默特爲開導布說榜諸山門云

三教聖人開化世間表裏精粗自有章程法度非可已不已儱侗假借而爲人師者所謂道有淵源學有師法也儒道二教各有師承且置弗論吾大雄文佛教化娑婆總以慈悲利物智慧接人開權顯實教分三學以便後進之趨向耳不見藥山祖云律有律師論有論師到我這裏更說甚麽如宗師不明禪旨律師不如戒相論師不解經義舉止無端言行不次恣意杜撰殃及後學欺誑龍天虛消信施爲法門第一種魔

孽維摩經云供養汝者不名福田受供養者墮三惡道況去聖時遥魔強法弱之際每稱大僧者類皆外託佛祖門庭內行魍魎活計虎皮羊質狐免成羣賴佛逃生到處鼓弄初機十差九錯嗟乎一盲引衆机牽入塹目覩傷心故老僧於中華國內開法三十年來持一條拄杖横敲直打頭頭剿絶處處追窮專與稱知識作大師欺世盜名者為究竟素不肯互相瞞頂以老賓修行四字取齋公婆媽之稱須相依俗人起見

自小道教閉塞法門務要闡大爲規揀魔辨異
扶正驅邪以報佛恩今蒙本國國王見召遠來
受王恭敬禮拜義同骨肉且闔國大臣軍民四
衆人等各各信向三寶紹隆佛法誠樂善之邦
甚爲難得者也何忍身披如來法服蕩滅佛祖
儀制與佛爲冤與法爲讐與僧爲害老僧旣見
而不言縱魔爲佛罪莫大也且負王臣四衆信
向美意是以畧舉三端明破其弊無致緇衣混
亂國中淸信男女受其塗毒邪正莫辨而巳

佛設戒律即孔聖之戒慎恐懼克己復禮所謂非禮勿視非禮勿聽非禮勿言非禮勿動明乎誠意正心脩身之本在于戒懼也故我文佛度世恐人習氣深重貪嗔癡愛沉溺無歸示以沙彌比丘菩薩戒法在家菩薩有五戒八關戒發明條律統細行三千威儀八百要人端正身心收攝妄想依此修行直至菩提特設三壇大戒上列三師七證嚴結壇儀對八部龍天雲集四衆令求戒者自將生平所作所爲有過無過發

露懺悔尤必三壇羯磨四次審難清淨法器方許攝受至有過重而不許進戒者近有一等魔師與人授戒竟使身不登壇不經三師羯磨七證證明宿業不經發露懺悔戒律不經授讀訓論搭衣展具持鉢威儀不經教授演習不管是僧是俗但要香資寄到便可買取戒牒衣具藉手傳來使無知求戒者恬然自謂得受三壇大戒究竟傳戒者不識受戒何人受戒者不識傳戒何師如此害法害人佛制竟成虛設戒律漸

至淪彝此所以不能不言者一也

佛初現盧舍那身演華嚴廣敎談偏斥小歎大

褒圓傾腹而說奈天龍海衆聞者如聾是知衆

生迷惑難與接引故曰我其不說法疾趨於涅

槃旣而三七思惟終以權巧方便入鹿野苑開

阿含會從生老病死法作種種儔類種種音聲

隨其根器而導之使各得饒益蓋佛爲覺義覺

者非止自覺而覺世也不見儒敎亦云使先知

覺後知使先覺覺後覺將以此道覺此民是知

世出世間佛祖聖賢其利人接物之心一也除無知庸流置而弗論苟擔荷法門而爲人師者接待四衆無論若精若粗若表若裏若大若細若理若事凡肯虛心來問者便當爲之指陳開導去其蒙蔽令知趨向卽不知來問者若在見聞亦當宛轉調達微言苦口訓之諄諄斷不辭倦中止務要令其知覺轉其邪見歸於中正而後已所以敎由積漸學由習熟久久自然暗與道合也近見一等詭秘欺人之師禪敎戒律范

然不識昏天黑地假然自大下視愚蒙詐爲放言欺瞞後學一則曰難與分說不則曰縱說彼亦不知障人自障一切經論教典不知何物白負爲明將如來禪置之度外總不提起即平常行履亦棄置諸不理不論之列止圖名聞利養安閒自便務若無人高心空腹而已矣要知人唯上根上智始能入五濁塵勞不假維持而自不至汙染中等根器全頼師長鍛煉陶融昔佛於湼槃會上百萬億衆 時悉得契悟非古今

人不相及由平日調度薰陶者訓習而有方也今觀本國之人信根堅固梵宇相連僧衆林立豈乏之根性靈利衲子何獨於宗律論三學無一人開示悟入卒悠悠汩沒於情癡匪僻中縱使習俗迷惑亦必有一念回光之時奈爲前輩師長者非獨不爲激發向上事且家規不整訓誨無端糊塗泛亂極好究其已往逆料其將來一槩擯斥現在不與維新大抵人情向上者逆而難就下者順而易苟不爲之觀機逗教應病發

藥委曲提持反令復順其匪僻積習正所謂爲淵敺魚爲叢敺爵責將誰歸耶是以從上古錐專爲起倒不常者添設淸規條約以繩其後左右激厲不至流蕩忘反使學者外藉師誨內運肯心而卒由於法化中矣不奈禪林下衰淳風不聚竟有草鞋未穿一雙出門未跨兩重一旦出爲人師恐人覷破裝成低眉合眼矯強詐僞說淸高做解脫嫉妬慳貪外是內非要人稱其老實修行以爲得計耳使不知者終於不知吾

恐汝之自負爲知者甘心在黑山鬼窟裏作活計欺誑世俗攙無因果如此忝列沙門無慙無愧假借佛祖名目往來商販法中大患皆由是也無怪其坐視後昆淪陷不救先自救不了抑至助魔害法到處狼籍深爲痛憾此輩在佛謂之斷滅慧命立朝謂之竊祿苟容居鄉謂之鄉愿賊道非佛慈悲非法建立非僧心行輒敢受人天瞻禮四衆歸依居然法主冒爲人師豈不膺泥犂之報耶余雖老朽不才無裨法門深知

末法緇流戒不持教不明病在於斯不得不言者一也

佛在靈山拈花示衆海衆茫然惟迦葉頭陀破顔微笑佛云正法眼藏涅槃妙心付囑與汝永永護流通無使間斷自此立宗名曰教外別傳要人直下薦取明心見性遞相授受西天四七東土二三至曹溪大鑑祖止衣鉢以心法雙傳始分青原南嶽遂成二派五枝一潙仰二臨濟三曹洞四雲門五法眼五宗分化弘揚震旦始至

於今從來道成法立法藉人與故祖祖師師設立叢林懸鐘挂板集衆安禪正使内絶邪念外杜非爲單提本叅如喪考妣時刻提持多方煆煉歲月研窮以悟爲期直造至萬花叢裏過一葉不沾身事來事應理來理應千頭萬緒四面八方來四面八方應無位眞人不曾動著些子所謂何其自性本來清淨須親到此始可入塵垂手與人解黏去縛願與一切有情齊成正覺觀萬物與我一體必勞來匡直提撕警覺而不

忍忘世克巳爲人者非深具婆心秉佛祖願力不能矣夫佛爲先覺之衆生衆生乃未覺之佛所謂凡夫具聖人法凡夫不知聖人具凡夫法聖人不曉聖人若曉聖人卽是凡夫凡夫若知凡夫卽是聖人要知佛與衆生互爲接引始可彼此度脫爾可度我亦可度浩浩塵中懷妻抱子之人無不可度亦無不可以度人况圓頂方袍之佛子豈不可度人乎惜不能自空衆生界爲佛界自空衆生名爲佛名由此生死關未曾

打破耳常人被五濁漂流七情汨沒四維恣縱八風吹墮生死關也學道者守住這邊不透那邊透過那邊不來這裏生死關也等而論之所言不可行所行不可言背覺合塵妄想顛倒一念不了即是一重生死輪廻於三界二十五有中無有休歇縱使披緇宿習所蔽知見氣度仍如俗漢自不能度焉能度人也哉總之不識修行未開正眼痛癢護短一切瞞頇自累累人矣此輩處平地尤未穩當況恃在萬仞峰之絕頂

皆由不到高山安知平地兒同螻蟻而誇遠經一培塿以爲越過太行若臨華山若雲摩漢直矗天外之蓮花峰頂必去不得有不望崖而退耶昔韓昌黎素自恃高賈勇一登華山雲橫之上回視之則魂飛目眩發狂痛哭投書與家人訣別邑令百計下之夫昌黎排佛斥老樹文章之籓籬作一代文人師表其平生位置自已未嘗不在華山之上也及乎親陟華山而反魂飛目眩平生之位置安在蓋一往用意識卜度實

未親履其境縱非欺世已成話餅耳既爲佛祖兒孫當堅自已願行開人天覺路指迷破暗反妄歸眞豈細事者哉應念佛苑春殘祖庭秋晚法門寥落之時曷可互相以訛傳訛使遍國僧人不知出世學道爲何事大家混在醉夢鄉中老僧焉堪容忍默默自藏不避口業直言相告

大越風土氣候大約陰長陽消百物發生於秋冬作事用夜女慧於男亦其驗也歲春夏常苦旱長夏停午烈日如焚赤地千里草木爲焦國師以余

隨杖食指繁無蔬菜爲憂國中左右丞相四大屯營及國元老東朝侯學士豪德侯王兄醴泉侯詔陽侯諸大老數與接見聞余在中華有出賣風雷祈雨之舉欲啓王請祈一壇適有將開導直說抄奉王覽者王亦傷其國中佛法混濫無正知見且立國規模政教紀綱所當張弛欲一一虛懷咨訪遂於十五夌晨延進府中談至夜半娓娓不倦隨論及祈雨事余默然良久答曰不消祈禱老僧遠來感王信心聊以風調雨順國泰民安八字相報

王罔測因隨口占一聯面呈云佛心慈願先保國泰民安方有法輪轉處王諱福週坐享風調雨順合當吾道行時歸而書貼禪林連日風雨亦不自解其言之中也且爲擔板漢教王撥置政務一味念佛修行求生西方者故起句及之言僧不守戒律將行牌各府拘僧徒到老和上處求受三壇具戒給與戒牒方免其身役稅錢老和上宜出報單通知四月初一至初八爲三壇圓滿可也吾統眷屬文武諸臣凡信心者俱求攝受爲菩薩戒弟子

乞賜法名道號焉適老和上言教通事雖述不能
委悉願一一書以示我遂告歸條上大越事宜以
進
老僧薄德無能叨王格外之知數千里專使虔
請感此誠心渡洋來見雖涉波濤如履平地非
爲好勞愛王實深也到國以來將二十日三次
造朝見王眞誠問道加禮隆重即后宮戚屬文
武羣僚一體歸依非積代樂善之邦豈易有此
然老僧方外也秉佛慧命繼往開來闡揚道法

王國主也統一疆守委任賢良鎮撫軍民事雖不同而道則一也若出世之道不可以爲治世之用是道有二也天下無二道佛聖同一心夫道一而已矣孟子之言豈欺人哉今王國中邊防嚴密將相明威軍戎強盛戰艦鮮明不但今時不能多見即使古來立國規模遠大亦不過如此或者關隘守禦必得良法名位聲援必期正大選養軍士並濟恩威以及王朝壯觀軍器利用一切護國保民至計其中不無尚可擬議

者在王君臣識見高明深謀遠慮自有良策但
竊念古云愚者千慮必有一得既受王請而來
或知而不言是負王也抑知而不言是自負也
敢摘數端開陳大意以效芻蕘之獻獨恨語音
不相通曉即通事人亦未必明理一經翻譯十
不能三四致老僧胸中無限欲言之事不得宛
轉調達於王前未免覿面千里兩相辜負無已
形之紙筆疏陳于後惟王採擇焉
一修貢中朝以正名號我朝

康熙皇上統九州十五省延袤數萬里甲兵之強千
百萬而王國境土與廣東密邇誠能遣使通好
督撫將軍然後拜表修貢疏請封王正其位號
以廣東聲勢相爲犄角使旁國小寇自然畏服
不敢窺伺誠名正理順坐享太平萬全之美舉
矣所謂不戰而屈人之兵者此之謂也其中通
欵王行當詳陳之
一設奇戍可以固邊陲本國與東京諸國地相
連接止隔一水沿邊界口設兵戍守之處必多

兵少則恐其衝突兵多則力難數分兩者甚費
籌策老僧據觀山川關要處儘堪減兵設奇而
有固守之法王用而後聞
一愛惜軍士以作忠勇古時用武兵民不分國
家無事安居井畝得盡力耕耘至有征伐則掌
之司馬布列行伍每歲農功既畢時其訓練講
明尊君親上之義教之武藝擊刺之法令無事
仍享室家之樂有事知愛主之忠以之禦敵自
然勇氣百倍民樂從軍敵王所愾矣今闔國中

之民編入軍籍則終年役於官府永不還鄉與父母妻子相見身雖畏法不敢背違竊揣其心得無怨恨盍無令軍士各輪流操演每歲或半年或一季在官服役訓練更替還鄉耕作與家室完聚做古軍屯之制至於有事興師動衆然後悉起從戎民豈無心不戴我王哉如此則人思感奮爲王前驅安有兵不益強民不益富耶其中節目另爲條約

一設學宮以育人才孔聖爲萬世師表四書五

經備載修身治世心解力行方能處事合理今
王當立國學府學崇祀孔聖藏貯儒書講理學
名儒爲師講明聖道自王世子大臣子弟民間
俊秀入學聽習考課程別殿最薰陶日久自知
綱常倫物正大治道漸化爲文明之邦矣
比者老僧到國不久形勝未及周知利弊未能
遍識事不盡言言不盡意無過就見聞所及者
約畧萬一餘條詳悉再陳以副王心益欲國中
綱紀整肅禮法悉備內足以保境息民外足以

威敵制勝四境仰服就齊家治國正好留心修
身正因治世出世道兼兩足可謂不二云
王於廿六日延余進新方丈國母設齋王兄公主
拈香請據室法語別錄有他船從廣東來者詢知
後船爲客貨未齊當遲數日放洋然竟杳無音耗
踰期不至深以爲慮隨杖僧衆不服水土患病幾
半余以泄瀉胃熱口破苦飲啖且有嫉妒國師流
言興謗謂素性糊塗法門事理不經常住錢穀王
家送供老和上者多爲渠僧行侵漁隨杖知事告

絶糧人情未諳言語不通國師漠漠大衆茫然時方獨坐茆堂看浮雲之變幻聽鳥語之侏離喟然曰孔聖陳蔡往事信有之與吾德不逮古人而同其遇矣走筆成詩二首

終日坐茆堂霏霏細雨涼刺盤非我意苦瓠爲人傷遠雁乖來信廚煙斷晚糧栖栖如杜宇舌破未還鄉

海外春雲薄飛空繞檻明入林原有約於我竟無情幻景時多變虛窗夢亦清門前誰荷蕢孤

磬試傳聲

禪林內無料理致。時稻糧失濟，余爲王所奉重，大小臣工后宮貴戚莫不齎銀幣請謁，非親送者，風俗以爲不恭，必郤不受。初到未諳，兼人事倥偬，一切餽遺發貯，未及檢視，至是始別出非親到送者，悉修書遣侍璧還稱謝。一日有大學士記錄豪德侯命其子持七律詩一首，并所璧銀幣來見，雖未可以言風雅，然頗知聲韻理解爲此，邪威鳳靈耆者了亦彬彬秀逸。夜來與國師閒論此中方人、

名士有文采風流可邀爲白社倡酬者否國師首舉其人因出其詩閱之云

聞說禪林遡派洪俄承澤及細流通杏壇希映摩訶月梅牖薰來般若風將色卽空空卽色抑蒙求我我求蒙同心異國相思杳喜向虎溪三笑中

詩寫性情句體工拙可以弗論但摩訶月對般若風不無斟酌遂次來韻并報書論其詩中數語

某到貴國槩不往謁非故傲也道人不欲以世

套待諸公若泥首階前媚於高明則令旁觀笑倒矣所以翰光答白居易詩云白雲乍可來青嶂明月難教下碧天正見方外人不因先趨爲貴耳衲雖道德荒涼豈不以居易待君子乎公郎枉顧復頒隆貺特賜佳章捧讀一遍信口流出字句絶無詩人煙霞丘壑而煙霞丘壑之意存於言外杜工部所謂自是君身有仙骨世人那得知其故大雅見惠不啻十斛明珠喜出望外厚儀斷不敢濫叨也一面讀詩一面復札正

思無詩酬謝及細吟哦住句中用摩訶月對般
若風似良璧帶疵将来全美曰忝道義知愛直
敢以摩訶易菩提二字蓋般若風乃子瞻作贈
佛印菩提月偈居易作贈鳥窠老僧不堪齊驅
窠印明公足與白蘇並駕矣鄙意如斯未識有
當萬一否奉和原韻錄呈教我幸甚
學海才華兩自洪應知儒佛教元通闡聲久識
趨庭日題咏先將采國風寶鏡我提因有象泉
源活發正初蒙報言但恐摩訶月誤照維摩不

二中

客有惠州來者述紫詮王使君刻下擢巡川南奈余客羈海外缺爲面送白社知己遠隔天涯賦詩以寄意云

憶昔循州蒞任來草堂古梅花正開繪空軒中脫衣帽澱心亭上坐荼若風流太守生寶坻自幼學劔並學史立心爲政不要錢辭賦翩翩衆莫比素性愛與方外交目無富貴何英豪多才雅士滿江海笑談往往空人曹公餘閒釣豐湖

月秋風煙雨湖岸黑張燈就樹復登樓倚樓憑
眺吟憶雪子瞻後身還勝前使民無訟衆稱賢
羅浮新亭覿子日招余結社共談禪濯足臨流
遐盛地合江夜靜江聲細劃然長嘯莫能知相
對無言深有意苦勸老僧爲酒民解袍易酒不
辭貧五羊屢過必枉顧十年一日情最眞不期
潦倒作洋客同首飛雲一片白通閩天詔巡蜀
中路出瀟湘過大别君不見峨嵋山丹崖翠巘
不可攀又不見淸涼臺蘿徑煙霞撥不開應憐

名勝久寂寞停車揮翰題劒閣紆廻窈窕凌霄梯丈夫陟歷始爲奇懸巖曲竇參差出飛泉亂灑碎琉璃陰岡陽阜多瑶草前進峰巒愈覺好峰廻不斷石粼粼從兹行盡難行道君緣蜀道千仞峰我乘靈槎萬里通安南遥隔炎州外伏波故道滄溟衝人生聚散千萬里去住不由豈得已君之登山山是山我之涉水水是水一爲法道浮杯中一因節使繼文翁山水錯落雖異勢雄奇譎怪將毋同懷君斫月之玉斧羨君蘧

兕之金弩重君治化之條陳展君惠我之詞譜海上讀之春色殘反令凄涼不忍看東風亂捲楊花落花下春愁日未闌旌發珠江黃鶴去白白瞿塘流灩澦啼猿深樹亂山間夕霧朝煙不知處七盤九坂折羊腸公爾王尊叱御天涯有夢亦徒然不得臨岐握手語縱教旌鉢轉艨艟鐵鹿長橋駕海風海風風信師迅速歸時人已分西東未期後會更何日聊寫驪歌舒寸衷

海外紀事卷二

嶺南長壽石頭陀大汕厂翁譔

三月初旬王畋作宮內招提出居水殿無延客之所相見時稀十方來戒僧投單已有六百餘人自寮舍起居至日用器物一無所有知事商之國師止得容易二字戒子期以十五日進壇讀律演禮後船仍不見到職事僧及一切薙髮旛供未齊縱無意外之虞結期迫近不免盼望徘徊波羅椰葉之下作客中遣興詩二十七首

三月花垂盡七洲人未過虹消分野雨日湧巨
洋波夏至相將近春風正不多吹來林外笛可
奈爾愁何
邊地歸南極朱垠賸一彎沙明却月岸雲起碧
蘿山瀫舍爲漁戶公堂但草菅不須來問禁獨
許放僧頑
稻苗正月半夾岸已含花南畝年三穫冬衣暖
一紗波羅供客饌㔟竹作人家何處來調笑嫣
然春日斜

落日半窗明空庭散髮行鄉思逢暮切詩意惜
春清鳥啄丁香碎蟲書椰葉輕坐深忘異國非
復客中情
海浪連天拍山根匝地牢風雷空徹夜林木轉
增高犀角文生月仙禽雪上毫水雲元不定隨
處得吾曹
一水隔西東村莊半釣翁路痕沙草改井脈海
潮通人出山邊雨門開竹下風三餐民不足男
婦趂庸中

威重排銅炮奸虞密竹圍折巾知武弁武官戴騌高巾折其半於後長褐辨文衣衣文長武短山海皆官府招提
卽禁闈國王修梵行不惜爲民祈
番官親近語彼此意難明豈不共還往其如半
草荊愛吾非有假斂慮已無生轉覺林間籟紅
飛綠放聲
人世何曾異於人自見嫌入喧原不礙守拙敢
云屧玉麈供談笑霜華入鬢髯夜來香花名滿架
風細度疎簾

春歸猶作客短杖伴孤行世外依塵俗心空玩
物情魚鳴風漸起象嘯月初生相對難通欵人
都無姓名

荒荒明海日到處即爲家白盡數莖髮紅殘幾
樹花無營隨逐鹿有夢且乘槎織女徒勞贈支
機石浪誇

近榻凌高節蕭疎影若秋纔雲偏窈窕巧鳥更
啁啾竹密何妨水溪陰欲桃流虛堂宵不掩月
上正當頭

遺民皆老弱少壯盡從軍八口憑中婦徵軀屬
大君木蘭空委露茆屋破藏雲苦矣閭閻事何
因達上聞
人家居水屋四面占潮頭小草當春日遥山似
晩秋此中如有得方外總無求偶向沙邊望煙
青出蓼洲
蠅頭書尺牘劈劃寫虛空小大平舒卷薰蕕任
異同幾稱王蟻穴誰闢富龍宮錢重開元字通用
古錢中華當廢銅

停午風猶熱朝昏海氣涼濤聲當夜靜佛殿在山陽屋角喧魚市庭陰列象房寺後皆象牢脊分仍過客通事欵茆堂

一鉢浮游遍他鄉毎自知袖無投謁束囊有寄懷詩花影風生帳蛙聲雨到池老僧健行脚最喜太平時

高情非敢忘稱物貴知心過眼草仍綠閉門山自深鯫魚曾有肆鉦耳久無琴欲謝成連子煙波何處尋

商賈皆紅粉官民總綠衣檳榔開錦帨閤喈坐
斜𩊅青絲披髮軟素足踏花稀未解周南意難
同江漢歸
萬水來南國千山拱北辰飄颻能作客經濟豈
無人鳥過風生翅龍騰雨帶鱗看來中外象天
地息烽塵
盧祖歸硤嶺宗風日向南芝蘭吾豈敢蕭艾爾
何堪蕊變終成五重離貴疊三學深無擊叩海
燕自呢喃

玉顏仍黑齒笑倚竹門開席地頻畱客紅盤低
作臺蕉漿調淨饌椰粉消流杯歸路防鐘響雙
雌象伏來捉生象用兩馴牝象夾之而行先路鳴鐘辟人
謾謂海無底交州地獨偏隄邊開相府門下纜
軍船日久竹生米春寒樹產綿民風反淳厚所
賴國王賢
尚口窮多致言行遠在文素襟終浩浩花葉正
紛紛奇字無人問名香秖自熏菴摩羅果美飽
食過宵分

坏土濤聲裏爲都面面通帆飛知海闊雲斷見
山窮過雨鼉鳴處殘花鳥語中形骸原自適何
必問春風

新黃桑陌女晴日曳羅裾結草箕爲笠編繩網
作輿方春搴砌菊轉棹折芙蕖天氣邊南暖萼
榮獻歲初正月蓮菊偏開

野衲雲遊慣禪餘亦好吟才疎甘白首身健值
黃金世路憑他險侯門任爾深虛名眞不尚何
必入山林

初十晚王差內監來稱賀云適才地方報老和上後船已抵尖碧羅山下王命澂舍船先接老和上人物不日即到矣十三夜入至順化港次早僧衆到面目黎黑泥垢滿爪言從二月二十日放洋僅得一晝夜順風隨蕩於七州洋波中者半月見諸怪異每有大箭鵝飛繞檣上尾羽若帶矢狀又浪上竪小令旗或紅或黑乍浮乍沉一枝過去一枝復來續有十數枝相顧駭異莫敢言說者謂鬼船見則不利云風濤益發雲霾滾滾有烏龍蜿蜒出

船左燒硫黃雞毛亂以穢物揮灑得不近傍一夕陰雲晦昧星月無光忽有火山從後起光燭帆上如野燒返照漸與船並水工羣以木扣舷不絕響約兩更次後杳如舵挂其體船稍横開始隱不見蓋海鰍目電云然不如魚之大爲何如矣飄蓬既久奇怪疊見睇望大越杳無蹤影南風大作人人面如土色西堂虔禱得順風又爲移長不許取道再進兩日水米俱絕將索渠等於蜃樓海市間矣言之悲喜命且休沐而退是時求戒僧已盈千而

戒期內所應用者國師殊無擔荷適公主到以其
事告之主曰老和上即繪圖開單某持以告王可
立辦耳次日王請余領後船僧赴齋一一詳問立
時批令各營官分任寮舍限三日落成桌椅器物
限十日完繳於是左則雲厨禪堂雲水堂右則侍
寮齋堂讀律堂菴主寮中爲戒壇連宵達旦不三
四日而工竣其餘器用逐日蟻負於路雲水戒子
二千餘衆各供其職國師設小食請懸鐘板整飭
規約并題山門聯曰安南國上不二門莫錯過去

順化禪林第一步向這裏來齋堂聯曰砂鍋裏活
煑佛吞有這般手脚始受得國王供養盋盂中生
擒祖嚼無那樣肚皮怎能消閻老飯錢戒壇聯曰
釋氏持律儒者履中總要修身誠意自然敬直乎
内義方乎外君子敕幾禪人習定同歸見性明心
端由戒慎不睹恐懼不聞至廿四日戒子進堂威
儀馴習莊嚴刹土闔國來觀莫不歡喜歎未曾有
大學士修啓疊前韻一首專使齎至來啓云
本國學士記錄事豪德侯某謹稽首拜書于上

國長壽石翁老和上大圓覺座下曰揚宗風于鹿苑導覺路於鶴林集衆風馳隨方草靡恭惟大圓覺意舍五忍心注八流丰儀凝秋月團圓法中威鳳氣質靄春風和煦世上祥麟寶筏弘開珠林重麗方便父智度母好看金鉢東來慈悲子法喜妻快覩木杯南渡智水從來滚滚慧燈到處明明某生忝偏方學慙僻說興詩立禮何曾趨鯉之庭摘句尋章遽已移鴻之志步步思由正路兢兢恐惑他岐禹之功旦之才彼一

時也此一時也孟之嚴孔之恕古何人哉今何人哉雖觀海難則涯涘然十室必有忠信曩受施來厚貺本懷共處之芝蘭聊將引見薄儀豈議相交之桃李尚擬鹿鳴有日豈期雁幣無緣難免自懸但推兼愛幸得訂訛之字再承續雅之詩彰慧日於文江便識竿頭之有路煥祥雲於學海敢銘五內以承恩遏勝希慕之懷不覺舞蹈之至竊聞古詩之作可以興可以觀多取草木禽獸之名不過詠性情思無邪而已所貴

者忠厚之意所賤者浮薄之文不可以文害辭以辭害意也況菩提摩訶般若本來無一物也如摩訶無物是無月也菩提無樹豈有月乎般若無帆豈有風乎詩人所作不過以淸涼比風圓明比月以形容性之一字色色空空而已豈有眞月眞風而論菩提摩訶般若爲當否哉古人云摩訶本眞如之體大無外小無內天不能覆地不能輿光明普照無處不周又云摩尼之現五色淨月之起毛輪此直指全提之說非篤

一偏空說也摩訶之月特以是耳茲承教政不得不辨未知是否幸勿見怪賁水於灘也素聞大圓覺高風度世善道濟人敢陳議議之辭庶允休休之量嗣容踵叩飫聆玄提未爲晚也餘情縷縷不宣

儒釋源流兩箇洪非相關處亦相通慈航釋載圓明月經楫儒持正雅風懸鏡梵門高衆見回瀾泗派洗塵蒙遠來將以利吾國信有因緣大化中

啓中詞意宛轉抑揚頓韻惟摩詞眞如之論牽合未嘗不能無一詞相告也遂和疊韻復啓曰

某合十復啓大學士勳侯閣下伏以惠風和暢沛霖雨於蒼生慧日澄鮮樹屏藩於緬甸軍民同慶遐邇共瞻恭惟大學士翁記錄座右現世神龍行空天馬才兼文武羅象緯於胸中爵列圭璋統旬宣於閫外握春王之管弭筆丹廷懷霽月之心簪纓紫府重以學儒識佛從格物致知直探性命大源兼之講易見天自晝爻觀象

上遡陰陽無極有如張無盡作相臣會頌德山托鉢還似李遵勗爲都尉能知谷隱家風殆欲鋭志上乘曾肯甘心外道朱之博程之深未見其人曾聞其語參之唯回之愚徒懷于昔竊歎于今老僧愧未讀書敢云識字行來五岳設擕笠裏乾坤渡去一杯偶拄杖頭風雨本擬法調狂象原思鉢制獰龍綱布漫天奈焦冥蟲未堪入眼竿垂曲月雖赤尾鯉難許吞鈎緣非出世間貢高日甚久無吐握之風有人有我去聖時

遥莫問滿盈之器造盧絕跡倒屣無聞乃辱書聘於賢王更拜嘉貺於國士大人曾未利見先逢令子阿戎空谷尚杳足音早奉佳辭幼婦自顧邯鄲學步謬同引玉拋磚相見大巫妄擬點金作鐵無非欲就教君子豈不應請正方人竟承高論懸河幾令瞿曇杜口竊惟六經載籍古聖已發性道之淵涵諸子遺書往哲悉闡微言之祕奧傳之於後作之在前方當佩服不遑焉敢研窮稍懈故師心創作聖人尚且不居準古

憲章賢者庶幾可勉况幸生明備應使一事一
物考其來由旣奉典型必教一文一辭求其出
處觀六臣之解文選始知字字定有從來讀道
元之注水經愈曉段段皆歸典確是以學議杜
撰書戒無稽良有以也如言詩三百篇之後必
及四唐唐詩必稱李杜試即二人詩中川風月
字摘一二句言之如李白古風云蟾蜍薄太清
蝕此瑶池月則本沈約詩白雲自帝鄉含吐瑶
池月又長安一片月則本徐陵片月窺花簟又

我來圯橋上懷古欽英風則本北山移文張英風於海甸杜甫前出塞詩云已去漢月遠則本張正見詩霜樓明漢月又中天懸明月則本相如長門賦懸明月以自照又山深苦多風則本魏文帝谿谷多風從來漢魏後人用字用句未有無本而創作生澀者如此不能悉舉畧見一斑至於菩提無月之月般若非風之風非耳目所見之眞風月惟可默契不可以言說也若以淸涼圓明比擬空活闊畧而稱性是未透性關

教家義理不過學究見解豈可便爲直指全提以此爲是不知早已曲鈌了也此老僧不能無說者況將天不覆地不與一句儘頭語强作主宰便欲瞞頇掃蕩不顧殃及他人蓋未明正偏回互玄要縱奪之旨儱侗禪流十箇五雙深乖妙密全提頗明分別爲此論也吾家宗旨有權有實有照有用半斷兩頭中間不立故合處有分分中有合分合自然又非强合强分爲極則如水銀落地大者大圓小者小圓分者合者走

者住者同則同而異異則異而同一一相别而各各相到如是方可稱大無外小無内此亦權下明言畧爲標指倘置指端之明月依先總不是也據摩訶般若菩提三者各有名分若槩以本來無一物爲定論則落偏空無記之斷見矣本來無物之說吾大鑑祖因秀公妄以身心爲菩提樹明鏡臺故直示無樹非臺破其執有執有既非執無豈是不審之乎且般若風菩提月乃香山耆山作詩贈稟印二公之所來也考之

摩訶月於事理法喻內外典籍皆無出處焉敢自欺而不直陳以至開罪執事乎梵語摩訶此云廣大二字西域贊揚廣大之義眞如即發生萬有之性體故古人云摩訶般若是贊揚智慧之廣大非以摩訶爲眞如之體苟是則頭上安頭性體豈有兩箇差之毫釐失之千里吾終不敢曲從摩訶月爲諦當也使論詩止取命意不考核其辭徒思取其大而不周於小幾曾見太虛中空空色色有一不布置精詳者哉然此舉

其可知者言之未暇深談也來教詩也在詩言詩便可即詩言禪離詩言禪不可以言詩愈不可以言禪而言詩耶豈韻佳章字字珠玉領益良多獨第四句經楫二字老僧學淺未明出典倘用散宜論註云經制未詣如舟無楫係論經制假舟楫作喻若以經楫連用爲詩則累於詩亦累散宜之論[illegible]者皆莫解矣或用譬彼涇舟蒸徒楫之則當用黜水旁非糸旁未知是否更望有以教我覼縷荒言瀆高聽聊盡野人之

見用酬國士之知將來向往籍畱心或可恕老傖饒舌知公過量定獲見原方擬虛懷以承雅教戒期旣近良覯非遥復和原韻二章祈為斧政

大荒浩渺鼓波洪萬里梯航往聖通蔥嶺自畱空椰屨尼山人咏舞雩風寒原仍有靈根在古道相將蔓草蒙深愧我來無所事聊爲指月海雲中

呼吸滄溟氣勢洪千川何處不流通詩成國士

窓前月花落空天座上風人負才華稱傑出自憐年老學童蒙于今仁義尤難語惟有消歸一笑中

四月初一傳沙彌戒王設放堂齋表禮親到拈香請上堂法語別錄先日除道凌晨有紅盔軍辟人於一二里外道從無他執事左右排金槍金刀長五六尺秉螺螄觽如騾觽狀葦軍十六人獨高大散髮赤身止一繩纏腰挂片絹掩其前編爲繩夾於臂後腰間求戒士俯伏迎山下國師兩序迓於

山門余候方丈王戴冲天翅紗帽玄道袍剪絨涼鞋不襪入殿上香禮佛已顧繞戒壇鋪設大喜歎曰得老和上來方信法門廣大莊嚴爲非虛也進叅方丈國舅蟒袍金刀侍進茶果素食不御內監擕茶自給談多佛事軍匝寺垣外兩重外重長大虬鬚鬚少或假飾之戴描金紅木盔紅緞襖魚貫接踵執金槍立內重精悍少年裹紅多羅尼巾綠剪絨襖執金刀如外立刀槍衣柄漆櫻桃色王出殿則轉面內向入則側立無參差者籬外數千軍

座中惟菓聲鳥語而已陞座將王炷香禮畢設半座西向靜聽微笑如有領畧意及下座見當機皆中華僧及余隨杖兩序謂其本國僧曰汝等平日多有自負明佛法了大事者今日人天衆前何無一人臨筵決擇個個目瞪口呿如木偶從此休得妄矜詡矣有怒意余曰王勿異也法座之下棒不容情即行脚老叅久親名宿於本分工夫有幾分見地尚向座前納敗闕豈可責之初發心沙彌乎且不獨學人當此酬唱為難即堂頭長老毋論其

法語見地何如登座時容貌聲音已非容易必法眼圓明手脚便辣得無礙辨才而又須具威德相乃能舉度安閒吐詞明亮垂手接人令當機者言下領悟每有承當知識平時手眼通方一登寶華王座頓然神衰氣薾喉嚅不能發言者爲未具威德也不然人天供養四衆禮拜豈細事耶王聞而怒解坐談過午欲覩傳戒國舅三速王乃起身復曰弟子自幼聞佛法二字便生敬仰每逢緇衣便生歡喜不知前世元是何人來作何福業於異國

爲王願爲詳示使宿命不昧身佩慈德始辭去因
走札報云
本欲只作不相知大家說些春風客話轉見新
鮮覺有一番生趣忽然問及不知前世原是何
人來可謂曲終人不見江上一峰青若將此中
情弊直告未免逆耳也不然自己來歷何反不
知莫非被富貴兩箇字結成三尺暗堆在眼睛
前遮瞞過了以致降本流末尚可全推隔陰之
昧乎不見蘇東坡自知爲五祖戒後身賦詩云

前世德雲今我是依稀猶記妙高臺東坡亦功
名富貴中人何不隔陰昧却凡天下居大位享
大名高官厚祿之人前生無不坐破幾片蒲團
而其不得即入果位蓋因道心有時閒斷世心
不得盡淨偶一失照依境轉念不覺投入世網
內今之使順風扯滿篷者皆由願力少堅功行
有漏改頭換而忘其本來日遠日疎漸漸沉溺
及欲復歸蒲團再整初心不可得耳苟能將歸
蒲團之人雖處順風不扯滿篷視王侯如草芥

珍寶如瓦礫麗聲如惡臭美色如穢腐身居塵中心依物外孜孜募道求師友提攜如雲與雲似水與水自然合成一氣分拆不開此其不違本誓直至證果而後已也否則齩斷菜根踏破草鞋有何滋味勝得過食前方丈姬妾成行輿葢軒昂繁華靡麗而人肯舍此以就彼哉噫實與言之在昔與我同發足來不意你走錯路頭又向他家形山打箇轉身却在這裏做國王反問幾世修來到王位並忘了不以一佛二佛三

四五佛而種善根乎至此樂則樂矣但恐十使
八風吹入萬丈泥窩裏一脚陷下去急忙拔不
出來甚爲此慮所喜不曾深墮七情五欲坑中
猶記舊時影響想到廣東尋訪老僧何異坡公
依稀猶記妙高臺今日覿面相逢還認得否苟
若認得便認得自己本來面目不待指月而自
明也夫神龍之爲神龍以其能伸能縮飛騰變
化不可端倪將來王之變化飛騰反本歸元肯
讓神龍耶故老僧特贈法名與龍別號天縱道

人從茲向後惟願藏其首而顯其尾將來大轉法化則從上佛祖于常寂光中莫不加額矣豈干饒舌有隱乎爾哉

初六日傳比丘戒國母王凡設齋法語别錄王宮梵宇落成索額聯爲題曰覺王內院大殿聯曰等覺地爲妙覺地誠心明心同入三摩智慧眞如藏阮王宮建梵王宮在世出世總成一片仁慈大道塲前殿聯曰海水淵涵滌世界灑煩囂風起清凉月殿蓬山疊翠奠邦畿作磐石花深潔淨禪天殿

前柱聯曰月面雍容不卷夜明簾静裏森羅萬象日輪照耀常瞻金色相光中普現千祥後殿聯曰十身調御應現人王合作佛心德主萬德莊嚴自成寶所坐深香海宸居羅漢堂聯曰天台山上乘涼袈裟忘記石梁橋撞碎虛空豈是分外作用香積界裏應供草鞋錯落蓮花國踏翻水月無非箇裏神通殿前門聯曰佛德及羣生淑氣氤氳結寶光於慈室王猷周八表祥風披拂開覺路以端門王就內院結壇佛誕日率國母公主后宮眷屬同

受菩薩戒王自爲一壇是日酷暑體胖跪久汗透重衣引請語王少坐應禮時則跪拜王曰吾年少戒範乃所樂不以爲勞也跪受訖起復作禮求開示老僧累驗其信根堅固求道眞誠因喜而囑王永爲護法金湯書卷示之曰

世出世間道無二致儒教唐虞言中孔子言一中庸言誠名稱不同而根源則一一者何卽心而已得乎一而心正則以之修身而身修以之齊家而家齊以之治國而國治一切用人行政

兵刑禮樂若粗若細無有不知之明而處之當
者所以天得一而淸地得一而寧君得一而天
下平正此道也惟我大雄世尊爲人世自巳分
中有一着未了的大事特設以教則脱盡根塵
不立文字直指人心見性成佛以心印心故西
天東土五宗分門無非要使了明這一着子遞
相印證所謂歸源性無二方便有多門也儒者
道在建立作有爲法於這着子存而弗論佛趨
無上於這着子論而不立是以世尊說法四十

九年未嘗道着一字殆爲此也觀王聰明仁恕度量寬洪統理庶政體恤臣民濟人利物遠近貴賤無不各被恩澤又能孜孜以出世大事因緣爲巳任豈非應以國王身得度卽現國王身而爲說法應以比丘身得度卽現比丘身而爲說法二者於王分而不分者矣獨爲向上這着子特請老僧開示若論這着子人人具足箇箇不無又要何開又用何示可奈大地衆生無始刼來識情障却展轉輪迴不能脫離曲勞世尊

於正覺山前夜半覩明星震聲曰奇哉〻一切衆生俱有如來智慧德相皆因妄想執着不曾證得可謂賣肝剖心難逢售價人也茲者喜王身居王位不昧靈元依然衲子行履皆由宿生般若種子熏習深厚故於少年極富貴最樂塲中便於此事信得及此一信字爲斷除煩惱本直入如來地苟於這一着子如是信得及把得定決不肯受人瞞頇必要究竟到透頂透底老僧別無巧妙惟請看箇話頭無夢無想如何是我

主人公不得將意識卜度不得將義理詮解把
這箇沒滋味沒下手的話頭頓在心頭晝三夜
三日憤悱地定要討箇着落無論坐朝理政事
時炷香拜佛時乃至飲茶時喫飯時喜時怒時
與羣臣相接時侍奉母親時與妻兒聚會時行
時坐時臥時觸境遇緣時或好或惡時獨居暗
室時不得須臾放舍莫道沒滋味沒滋味中正
絕好滋味莫道沒下手沒下手處正絕好下手
看來看去日久月深驀然囟地一聲摸着娘生

鼻孔方知原來在面上到此田地不妨將唐堯虞舜孔子子思以及西天東土佛祖五家宗師一脚踢倒扶起衆生作箇過量大人何快如之雖然如是長壽拄杖子亦未肯點頭在何故千聞莫如一見今王皈依老僧受持菩薩大戒成就闔國僧徒皆秉金剛心地具足戒爲功德主建大道場作大佛事修大功行解大法義是故佛以金湯護法付囑國王大臣王旣身作佛事自他普利又於向上這著子務要了明以求開

示老僧因以紫羅衣一頂書此爲他日悟道契
券惟王護持自肯方親不負老僧拭目之望
王拜受謝曰老和上開示某不敢忘自愧宿習深
重不能通達向上事恐負慈旨耳余曰昔靈山會
上原以外護付囑國王王但從信根證入將來解
悟自有期也踴躍作禮而退暮返禪林爲王兄醴
泉侯韶陽侯并該伯衆官傳菩薩戒次日爲衆戒
子圓菩薩戒王兄公主諸戒子設齋王命元老東
朝侯齋禮請上堂法語別錄越三日率國師兩序

領新戒子行古佛乞食法於國中兼謝王成就功德王搭紫衣兩僧持加持錫具侍迎於西便門幢旛引道兩序僧舁新戒一千四百餘衆各搭衣持鉢步立整齊同音稱謝王莞爾喜勞延兩序入供齋待新戒茶添鉢錢三百貫米一百石着軍人裒至禪林寺戒牒悉鈐王印別歸次日腹患大作王聞差內官持書訊慰即復曰

來札云老和尚之勞精壯後生亦當不起在暮年人焉有不病惟願安閒調息爲慰覽此極知

道愛之深然勢有必不能撒手也老僧亦謂在家人不能淸閒自在出家人正當以此受用不覺出家做了和尚莫說受用自在連箇閒字更討不得何故修造叢林忙煞接待往來累煞應酬筆墨苦煞調御衲子難煞撞着魔業氣煞拉扯不了笑煞到此地步焉得淸閒以巳度人吾恐大越國王亦未必有淸閒自在耳在世出世同一忙字但忙中畧有不同在家之忙自天子至庶人莫不因功名富貴妻兒老小所謂爲巳

也出世之悅必因佛祖法道接引後昆所謂爲人也殊不知爲己的都爲了別人爲人的正爲自己此猶克己復禮爲仁展轉之機同鼻孔出氣也要知己私也禮公也己與禮公與私四者一箇也所貴能克己復禮者背私向公全私卽公仁也不能克己復禮者向私背公全公卽私己也故不患乎仁不仁患在克不克所謂爲仁由己而由人乎哉到此始有工夫做矣老僧之悅就與一日克己復禮天下歸仁此中轉一轉

則爲人並爲自已所以自肯累出病來終無厭倦如世人之忙乃爲他人作嫁事衣與自何益吾不做箇淸閑自在人肯累到今日與病作對頭不亦是箇眞老獃子乎昔維摩示疾文殊往問一默而開不二法門今老僧抱病德主差監官持書慰問不覺瑣瑣以道維摩之病與老僧之病一默一言是同是別請下一轉語

十三日差太監頂禮云明日王出演武場操象半月始還欲請老和上一觀允否余諾至十五日黎

明內監速登舟水淺三五晨星高林雞唱宿霧將
收去棹逶遲十許里微聞煙際嗷嘈內監報曰至
矣北至男婦觀者匝四五里軍監辟人前導王爲
臺當中旁一廠居王象象獨高大左右皆布列屯
營象廠茭芻蔗把具焉臨發十象爲偶西立背馱
丹漆木鞍狀如斛三人紅金盔綠剪絨襖執金鉤
槍立肩坐一奴執鉤束左右軍執刀槍火具去一
二里與象對先縛芻爲人如軍狀樹于後臺上號
旗招動諸軍輪刀槍奔象前火器齊發煙燄迷空

象兀不動須臾銅鼓連響軍奮前觸象奴以鉤斷象首武士鉤其股羣象騰踏直趕軍退走伏避象各以鼻卷務人而還稍後則鉤槍並下皮開血出甚至困仆不能起者畢以此分殿最焉王具言本國山中犀象成羣要拘生象用兩馴牝象誘夾之以大纜絆其足於樹間使不得動飢渴之數日奴漸迫近之飲食之少習兩牝挾而歸擾於某官管下五十軍供給演習年來東京古城之捷多象功也先王時有一象摧鋒陷陣主將爲敵所殺鼻其

屍奔山谷中瘞之回身奮怒觸突縱橫軍乘之大
勝收軍後長跪帳前導人收主骸歸葬遂不食死
至今義象塚存焉因問中朝演兵操象事余爲細
陳演武之法作操象行懷拜將軍云
國王一一修供養艤舟晨請看操象曙色林煙
未辨花淺瀨蘋風吹蕩漾十里已到演武場四
邊人立如堵牆衮龍高坐披髮主錦袍侍衛神
飛揚大越象卽冀北馬肉蹄蹴踏常被野遺熱
驅生雌制雄飢之渴之鞭捶下調來花菊經數

甸國家養象勝養人日食豆粟各一斛刈芻軍士還苦辛先期半月出點視長牙短牙牝牡異五十纛兵擁一頭進退坐作趨人意今朝四月日方長紅盔白刃搖波光背上鞍馱三武士手執厹矛森列霜東偏十象排作隊西軍五百與之對白旗招動軍向前火器連空初發擂白旗落下青旆升象奴斷象勢雲崩擒回芻俑有遲疾官奴以此論降陞須臾操罷別優劣無限皮傷腦出血何堪困憊臥沙塲奴受鞭笞官受黜

稱述昔時一象勇且忠官軍觭出當先鋒主人
陷陣格鬭死鼻卷遺屍瘞山裏回身直突敵重
圍軍士乘之莫能抵歸營長跪大將前倩人收
主骸山邊從此不食竟飢斃至今象冢留荒煙
王曰中華武備可得聞爲陳嶺海拜將軍登壇
廉頗眞老將部分熊虎如煙雲將軍較士不專
武生平仁義爲干櫓身與士卒甘苦同軍亦親
之爲父母功成獨居大樹間輕裘緩帶何翩翩
棄人用獸猛不取刁斗不設高牙開盛朝有象

占太平天子郊天馱寶甁立朝御象將軍倖渾
身錦韉垂珠瓔時將此物戒官吏應念焚身因

有菌

生平最苦熱一日溽暑廻憶故山此時林花正放
坐澱心亭剝蔆削蕅受四面荷風誠爲快事偶見
案甁蓮花一朶命行人徧覔鮮蕅絕不可得盡道
蓮但花葉而不長蕅因知花葉藉水而生蕅必資
土始長此中一片浮沙無怪乎緣花問蕅之無得
也彼樹德不弘而致飾於外者其大越芰荷之謂

乎隨有道余嗜水果者皆爭以鮮果獻庫寮充滿狼籍大都波羅蜜西瓜香蕉檬果之屬濃甜非所好一日王以竹簍實檬果差內監相遺稱上品佳果特供老和上心竊易之細視覺差圓大用利刀薄去其皮片削之入口香美清甜與他所遺自別更與粤東生則酸熟則爛者迥殊乃知藏典所載菴摩羅果此爲正本歟今輿記稱菴羅果而遺摩字俗稱檬果全改其名雖名稱間有差訛而物亦自分優劣然則因物而不遡其名者既非由名而

槩信其物者亦非也三日前韶陽侯以錦盒饋荔
枝十數枚厚皮大核與粵之新出糖罇相似已是
此中之絕少者將欲上擬黑葉進奉尚邈乎不可
得安所望凝冰桂綠乎以㨾果與粵較此爲最以
荔枝而與粵較則瞠乎後矣推此則人固不可一
長自矜用人者所當節取也歎因食荔枝成懷張
方伯五古一章

我來古交州苦熱日瘦黑空階步夜凉舉頭近
南直睇望紫微垣迢迢不可即耿㸌帝座旁餘

光照薝蔔芰荷花露泫池魚躍月汐託根脩樾
間弱荔終能植況復含生倫豈不獲休息召伯
久巡行甘棠遍南國交州隔大洋又爲南最極
前朝入版圖郡縣定法式在昔黃尚書布披有
威德後人措置乖無由安反側悠悠數百年至
今成絕域縱懷向化心遐陬修貢職一闡禮教
論輙起自嗟仰獨恨華夔音聆之各不識言貌
妙有神翻譯胡可得波羅味過甜檳榔花澀嗇
不及荔枝香五月遡相憶淸泉浸玉盆從容公

退食趁此好南風歸帆駕雙翼

王卜於廿四日延隨杖十衆熏修大悲陀羅尼懺一期一爲今年請余到國雨暘時若物阜民康仰酬佛祖龍天之恩一爲五月十八誕辰預祝遐恐朝務紛綸不能清淨如意先期齋戒訪及應行事宜余曰齋者非徒潔口體思慮而已必舉家國上下清理整齊無一人一事不得其所始滿王齋戒分量既承延訪當清冤獄釋繫囚賑貧乏起幽滯弛厲禁恤商惠工濟人利物之政一一舉行至壇

儀所用供器及僧衆衣具花香等物另開單製備其日將領衆入宮適一婦人執紙號訴叩之言其夫曾文老閩人也犯重罪當死繫獄待決水飯絕餓而先斃妻備棺草殯置諸壑箬覆之五日後爲羹飯往奠微聞棺中呻吟聲迫而哭呼之曾知其爲妻也告曰吾罪未當死閻君放回且語以往求廣明大士吾當活矣妻馳報地方官開驗氣奄奄焉未絕也爲糜飲之仍繫以待王命竊忖老和上大明人從廣東來所謂廣明大士殆其是乎可以

活吾夫矣萬乞垂慈哀懇切至方言中華皆稱大明惟知先朝猶桃源父老止知有秦也余允而去以其事告王立爲查釋因而罪輕者悉放重者減等善政舉行而頌聲作矣於是布挂旛幢羅列珍玩香煙馥郁花氣氤氳自成國王供養僧衆沐浴進壇自頂至踵皆易新服梵音嘹喨儀容粹穆觀者皆恂恂起敬信之容每一進王必於外壇修禮與僧衆同卧起不少懈請余宿內院作證明暇則商確古今理論政治所以導之緩刑尚德愛軍厚

民通商薄斂不一而足悉開顔信受自恨其年少寡聞也坐談間忽一内監從外來稟番話幾句王遽出聞外殿鼓三通經久王始入猶喘息不定余怪而問之王曰適軍營失火倉卒往救致失陪奉耳曰王親往與對曰然不待駕矣吾到庶官軍齊赴救也余曰惡是何言也千金之子坐不垂堂况千乘之君上關宗廟社稷之重下繫生民萬姓之安而輕身湯火雖云德被羣黎然保無蹟夫怨卒窺伺行徑或故縱火以誘王出驚犯駕前不亦殆

哉所以王人出入警蹕非無謂也王聞失色曰然則奈何國盡茆房葳有火患動延數里不救則民其斃矣曰是有道焉王當設令箭國中急事須王行者命內監同軍官奉令箭往令到卽王到矣令到官軍有不赴者罪無赦如是則兩無所妨矣王悅曰非老和上愛我將不得聞此言凡累日所談及聞見中有爲國爲民之政願求一一開示將鐫之朝門永與臣民遵守也閒臨池垂釣或蕩舟採蓮邀余騎象各乘一頭囊沙令象抛擲國有象刑

罪犯重者發象拋起數丈仰齒插之洞胷穿腹須臾糜爛勸之爲除此刑啖口之夕部洲壇儀鋪設已定陰雲四布風雨不止王仰視躊躕云安得一夕晴明使法師放食如意作圓滿佛事便妙耳余以王一期功德費數千金精誠備盡遂爲祈禱即持穢跡金剛神咒一百八遍化符兩道稍歇再爲持咒四十八遍風雨漸息已而雲鋒露出青天頂之斜陽返照鴟吻之上徹夜星光皎潔王踴躍禮謝欲學此符咒余曰學則容易要須靈應必以歲

月修持感格而通始得隨機應用王曰願求授持次日辭歸更乞尒將日逐所談政治一一錄示因陳立國政約十八條皆惜軍愛民便商利國紀綱法度一應禮節語繁別錄王閱甚喜語掌事內官曰吾國法度民情素失大體今蒙老和上爲我以中華禮法開列條款十八則當刻榜府前曉諭文武軍民人等知悉另設牌二十四面分類標明如有違條犯法者許被害抱牌進告無論王親國戚文武軍民按法問罪永爲國政云